LE RÊVE D'UNE NUIT D'HIVER

POÈME

HOMMAGE A L'HELVÉTIE

POUR SON HOSPITALITÉ

ENVERS L'ARMÉE FRANÇAISE 1870-71

PAR

JULES BLANCARD

Membre de la Société des poëtes, et honoré d'une mention spéciale au concours littéraire de Bordeaux.

Ouvrage admis aux Concours académiques de la Charente-Inférieure et du Gard, et aux Jeux Floraux des centenaires de Molière (Paris 1873), et de Pétrarque (Fontaine de Vaucluse 1874).

PRIX : 50 cent.

Montélimar, Imp. Cheynet fils.

LE RÊVE D'UNE NUIT D'HIVER

MONTELIMAR, IMPRIMERIE CHEYNET FILS
PORTE St-MARTIN.

TROISIÈME ÉDITION

LE RÊVE D'UNE NUIT D'HIVER

POÈME

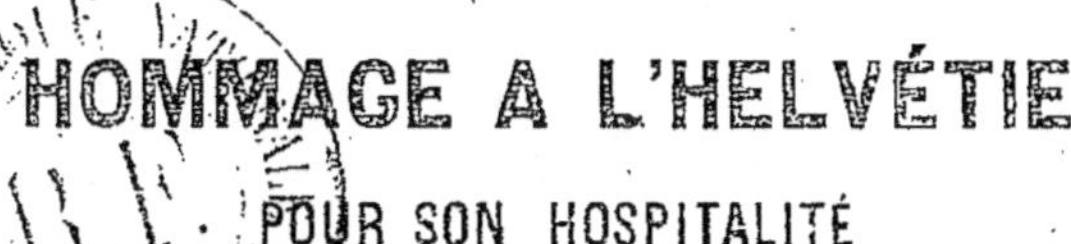

HOMMAGE A L'HELVÉTIE

POUR SON HOSPITALITÉ

ENVERS L'ARMÉE FRANÇAISE 1870-71

PAR

JULES BLANCARD

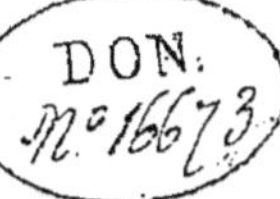

Membre de la société des poëtes et honoré d'une mention spéciale au concours littéraire de Bordeaux.

Ouvrage admis aux concours académiques de La Charente-Inf^{re} et du Gard et aux jeux Floraux des centenaires de Molière (Paris 1873). et de Pétrarque (Fontaine de Vaucluse 1874).

PRIX : 30 cent.

OFFICIEL

Berne, le 16 octobre 1874

LA CHANCELLERIE

De la Confédération Suisse

à M. Jules Blancard, St-Paul-3-Châteaux

(Drôme) France.

Monsieur,

Le Conseil fédéral nous a chargés de vous accuser réception et de vous remercier de l'envoi du poëme intitulé :

Le Rêve d'une nuit d'hiver,

que vous avez bien voulu adresser le 14 courant à M. le Président de la Confédération.

En nous acquittant avec plaisir de ce devoir, nous avons l'honneur de vous présenter, Monsieur, l'assurance de notre considération distinguée.

Au nom de la Chancellerie fédérale Suisse,

Le Chancellier de la Confédération:

A MONSIEUR JULES BLANCARD

MEMBRE DE LA SOCIÉTÉ

Des Poëtes de Bordeaux

A LA VILLA-BLANCARD A St-PAUL-TROIS-CHATEAUX

(Drôme).

Monsieur Thiers a reçu le Poëme intitulé, **LE RÊVE D'UNE NUIT D'HIVER**, que Monsieur Jules BLANCARD, a bien voulu lui envoyer.

Monsieur Thiers lui en adresse ses compliments, avec tous ses remerciements.

Nice, le 22 novembre 1874

A MONSIEUR JULES BLANCARD

Auteur du poëme

LE RÊVE D'UNE NUIT D'HIVER

Hommage au peuple suisse.

A ST-PAUL-3-CHATEAUX

(DROME)

LE GÉNÉRAL CLINCHANT

Commandant le 1er Corps d'Armée (1)

Lille, 13 novembre 1874.

---

(1) Ex-commandant en chef de l'armée de l'Est, 1870-71.

LE RÊVE
D'UNE
NUIT D'HIVER

HOMMAGE
D'UN
FRANÇAIS AU PEUPLE SUISSE

Fiat lux

Par une nuit d'hiver, le terrible aquilon,
Soufflait avec fureur dans le fond du vallon.
J'étais sombre et rêveur, blotti dans ma chambrette
Pour compagnes mon feu, ma lampe et ma couchette
Il neige à gros flocons, me disais-je, et ce soir,
Je ne sortirai point, car le ciel est trop noir.
Allons, puisqu'il le faut, cherchons pour nous dis-
[traire,

Un livre, du papier, soit quelque chose à faire.
Qu'allons-nous griffonner? De la prose ou des vers;
Chantons-nous les frimas, chantons-nous l'univers?
Nous avons de la marge, allons vaille que vaille...
Mais que vois-je? sitôt, quoi, ma Muse qui baille;
Je saurai, palsambleu, vous tenir en éveil.
— Tes efforts seront vains, pour ce soir, j'ai
[sommeil,
— Ah! Je le sais trop bien, belle capricieuse,
Fort aimable parfois et parfois ennuyeuse;
Si trop on vous contraint, on grimace en chantant,
Mignonne allez dormir, je vais en faire autant.....

Au milieu de la nuit, alors que tout sommeille,
Un étrange concert vient frapper mon oreille;
L'éclat d'un vif rayon me dessille les yeux;
Étonné, tout ravi, je vois s'ouvrir les cieux,
Je vois les séraphins aux ailes déployées,
Escorter en chantant tout un essaim de fées,

L'allégresse est partout, le ciel est palpitant;
Une divinité, sur un char éclatant
Que traîne deux coursiers aux allures magiques,
Parcourt tout l'Empyrée aux accents des cantiques.
De rameaux et de fleurs les chemins sont couverts
Et l'Olympe exalté par mille chants divers
Veut saluer encor, dans le sein de sa gloire,
La plus belle déesse en son char de victoire.

Apportant son tribut à ces félicités
Dans un noble abandon, ma muse à ses côtés,
Promenant sur sa lyre une main diaphane,
Fait entendre des sons inconnus du profane,
Dont l'écho d'alentour, redisant les accords,
Fait s'agiter le ciel en de divins transports.
Quelle preuve d'amour, au Très-Haut! tout soupire
Tout tressaille et s'anime en un charmant délire.
D'un nuage d'encens s'élève au médium
Le chœur des Chérubins chantant le *Te Deum* :

Et l'on entend au loin le murmure des plaintes
Qu'exprime en gémissant la voix des orgues saintes.
Oh! sublime splendeur! Mystique pureté!
Tout s'exhale en parfum dans ton immensité.

Tout à coup, j'aperçois comme un trait de lumière
Le char fendant l'azur, s'élancer vers la terre ;
Suprême étonnement confondant ma raison,
Je le vois s'arrêter là-bas sur l'horizon ;
Et moi-même soudain, comme pris de vertige,
Je me sens transporté vers le lieu du prodige.
Tout tremblant et saisi de ces faits merveilleux,
Je contemple étonné ce message des cieux
Près la divinité je reconnais ma Muse,
Et dans la folle ardeur de ma raison diffuse
Quoi, belle! vous ici, m'écriai-je éperdu!
D'où me vient ce bonheur! j'en suis tout confondu.
— Enfant qui de mes lois affronte le caprice,
A tes nobles desseins je veux être propice.

Viens, prends place avec nous sur le char d'Apol-
[lon,
L'amour, sylphe léger, sera l'automédon ;
Oui, partout dans l'espace, et sur terre et sur l'onde
Je saurai t'inspirer en parcourant le monde.
Tiens, comprends si tu peux tout ce vaste univers,
Embrasse du regard l'immensité des mers,
Vois dans leur majesté ces pics au front de neige,
Contemple et ne crains rien, les anges font cortége.
« Dieu ! que le monde est grand ! Oui partout l'infini
« Auteur de l'univers, que ton nom soit béni. »

Oublieux de l'obstacle et franchissant l'abîme,
Sous le ciel nous courrons ainsi de cîme en cîme;
Des hauteurs du Liban à la sainte Sion,
Du mont Capitolin à l'antique Ilion,
Sous la zône de glace ou la zône torride,
Notre course sans frein est joyeuse et rapide.
Pérégrination toute folle d'ardeur,

Qui d'ivresse et d'amour, nous fait battre le cœur.
Saluant en passant les élus du Parnasse,
Et le Dante et Milton et Virgile et le Tasse,
Notre esquif aérien en fiévreux vagabond,
A travers l'Océan nous emporte d'un bond.
Et plus prompt que l'éclair, dédaignant Béotie,
Vient planer doucement sur la belle Helvétie.

Là, le plus bel aspect se dévoile à nos yeux,
La nature avec art joue au prodigieux,
D'un côté ce géant, au sommet gigantesque,
Surplomblant un abîme ajoute au pittoresque,
De l'autre en la vallée aux plus riants côteaux,
Qu'en un jour dessina le caprice des eaux,
L'on voit s'épanouir un pays de bocage,
Pour devenir plus loin tout aride et sauvage.

Ici les prés en fleur, jardins perpétuels ;
Là-bas les noirs frimas, les glaciers éternels ;

De toute part le lit d'un torrent invincible,
Contraste avec le front d'un pic inaccessible :
C'est ici que Cybèle étale ses faveurs,
Sous ce ciel tout d'azur, embaumé par les fleurs ;
C'est l'Eden enchanté, le pays de Cythère,
On y respire l'air le plus pur de la terre.

Muse, le tambour bat, on sonne le clairon ;
Entendez au lointain ; c'est la voix du canon.....
Quel sinistre présage ! on entend des murmures ;
Mais oui, ce bruit confus, c'est le bruit des armures.
Ciel ! l'écho des clameurs retentit de partout ;
Et que vois-je ! Grand Dieu ! cent mille hommes [debout !
Une armée en haillons, des soldats tout en rage
Précipitent leurs pas jusque dans ce passage ;
Oh ! spectre de la guerre, Oh ! fantôme hideux,
C'est le sang, c'est la mort, fuyons, fuyons ces [lieux.

Doucement, mon ami, tiens, regarde avec calme,
Ni le sang, ni la mort; c'est la paix, c'est la palme,
Qu'apporte à ces martyrs le peuple helvétien ;
Vois ce sont les Gaulois poussés par le Prussien ;
Le hasard des combats les mène à la frontière,
Ils trouvent devant eux la terre hospitalière.
Ce peuple généreux accourt les bras tendus,
Se jeter au-devant de ces enfants perdus :
Comme de vrais amis, de vaillants camarades,
Les vois-tu se confondre en longues ambrassades,
Entourer les blessés de mille soins divers !
Ah ! ce pays n'est qu'un, parmi tout l'univers ;
Et ces cris, ces clameurs, ne sont point cris de [guerre
L'humanité triomphe aujourd'hui sur la terre :
D'un fraternel amour c'est le pacte touchant,
C'est le port de salut des soldats de Clinchant.

O vous, les Séraphins, fils de la renommée
Qui portez jusqu'aux cieux les exploits d'une armée
Vers la voûte éternelle en prenant votre essor,
Du nom d'*Helvetia*, chargez vos ailes d'or ;
Jusqu'au sein du Très-Haut, chantez l'hymne de
[gloire :
« *La Suisse a remporté la plus belle victoire !!!* »

— Muse, alors dites-moi, ce peuple de Brutus
Pour conquérir ainsi les vertus de Titus
Est d'un autre limon que le reste des hommes?
Car enfin j'ai couru, parcouru cent royaumes,
J'ai pesé, compulsé, je n'ai vu, c'est certain,
Je n'ai vu tel Colosse en tout le genre humain.
— A notre auguste Reine adresse ta requête,
Elle est tout le secret, secret de la conquête ;
Car le pays de *Furst*, de *Tell* et de *Rousseau*,

De notre auguste Sœur est aussi le berceau ;
Ce que tu vois ici de sublime constance,
N'est rien moins que le don de sa toute-puissance ;
Cette abnégation, la liberté, l'amour,
L'égalité, l'ardeur, la vaillance à son tour,
Tout autant de vertus au ciel dignes d'envie ;
Sont l'apanage saint de la libre Helvétie.

Secouant sa torpeur et le joug des tyrans,
Ce peuple, né d'hier, fut bientôt des plus grands ;
Dans la coupe amicale il noya son délire,
Et de ce noble élan que depuis l'on admire,
En invoquant la Reine, aux arts il s'attacha,
Et de son sceptre d'or, la Reine le toucha.
Auprès sa majesté sois ardent et sincère,
Tu connaîtras ce nom que tout le ciel vénère.

. . . .

— Belle divinité je suis à vos genoux ;
Vous dont le talisman apaise le courroux,
Dites-moi votre nom ; oh ! je vous en conjure,
Au nom de Dieu lui-même, enfin je vous adjure.

— Est-ce vrai, mon ami, tu ne me connais pas ?
Je ne puis m'expliquer un pareil embarras ;
Que fais-tu ? d'où viens-tu ? viens-tu des Antipodes ?
— Disciple d'Apollon, parfois je fais des odes ;
Je ne suis pas chinois, tartare ni malais,
Je ne suis point peau-rouge.. enfin je suis Français ;
— Français, Français ! dis-tu, ma surprise redouble
Ah ! j'ai peine à comprendre, en moi, je sens un
[trouble ;
Eh quoi ! ce peuple altier, brave autant qu'or-
[gueilleux,
Ne me connaîtrait pas ? Fi ! je retourne aux cieux ;
Avant, sois satisfait, car je vais être franche ;
Dis bien à ton pays qui parle de *revanche*...

Qu'il n'a pas les vertus pour la revendiquer ;
Les fusils, les canons, le feraient abdiquer ;
Qu'il ne peut rien sans moi, qu'il serait téméraire
D'invoquer du dieu Mars le règne sanguinaire ;
Il est vieux de mille ans ! A nous est l'avenir ;
Or voici, mon ami, voici pour en finir,
Ce nom qui t'est si cher et mes titres de gloire ;
Je suis.... *l'Instruction gratuite obligatoire !!!*

Jules BLANCARD

SAXON, (Valais, Suisse), Janvier 1871

Montélimar, imp. nouvelle Cheynet fils

OUVRAGES DU MÊME AUTEUR

EN VENTE

à la Bibliothèque des Concours poétiques

7, Rue Cornu, 7. BORDEAUX.

La Trochulliade, pièce en vers, (fantaisie sur les évènements de 1870-71).

La Trochulliade et ses commentaires, vers et prose.

Le Rêve d'une nuit d'hiver, poëme.

Lettre d'outre-tombe.

Le Centenaire Pétrarque, poëme patois.

A un libre penseur, (sonnet), poésie qui a obtenu une citation au Concours.

Une des merveilles du Diable ou l'Histoire du père Monaco, (prose), ayant obtenu une mention honorable.

Le Devoir, (poésie).

Si j'étais roi ! (chanson).

Boutade, (prose).

La Bêtise, (chansonnette).

La Pologne, (chant patriotique).

Fantaisies diverses.

etc., etc , etc.

www.ingramcontent.com/pod-product-compliance
Lightning Source LLC
LaVergne TN
LVHW020631110826
845149LV00004B/1140

* 9 7 8 2 0 1 9 5 5 0 8 7 5 *